VENTE

des Mercredi 3 et Jeudi 4 Mai 1911

HOTEL DROUOT — SALLE N° 11

A DEUX HEURES

Beaux Dessins

DE L'ÉCOLE FRANÇAISE

TABLEAUX, PASTELS

Objets d'Art et de Curiosité

MEUBLES ANCIENS

ET DE STYLE

Etoffes - Tentures - Tapis

Mᵉ RENÉ LYON	M. ARTHUR BLOCHE
COMMISSAIRE-PRISEUR	EXPERT PRÈS LA COUR D'APPEL
29, Rue Le Peletier, 29	*21, Boulevard Haussmann, 21*

EXPOSITION PUBLIQUE

Le Mardi 2 Mai 1911, de 2 heures à 6 heures

IMPRIMERIE
C CHAUFOUR
6-8, RUE MILTON
PARIS

CONDITIONS DE LA VENTE

La vente sera faite expressément au comptant.

Les acquéreurs paieront *dix pour cent* en sus des enchères.

L'exposition mettant le public à même de se rendre compte de la nature et de l'état des objets, aucune réclamation ne sera admise une fois l'adjudication prononcée.

DÉSIGNATION

DESSINS

DE L'ÉCOLE FRANÇAISE

BOUCHER

1 — Les Confidences.

Un jeune berger cause galamment avec une jeune chevrière, tous deux assis sur des tertres à l'ombre des arbres, au milieu de leurs chèvres et de leurs moutons.

Dessin rehaussé de couleurs.

GILLOT

2 — Cortège d'enfants.

De nombreux bambins, travestis et groupés, s'entraînent à la suite les uns des autres.

Joli dessin à la sanguine.

NATOIRE

3 — La Sérénade à Minerve.

Devant un groupe élevé à la déesse, au milieu de groupes d'amoureux, de chevrières, un jeune galant chante une sérénade à Minerve en s'accompagnant de sa mandoline. En perspective, des palais construits sur des montagnes tapissées de verdure et à droite une cascade dont les flots s'écoulent au pied des terrasses.

Superbe dessin, signé et daté 1765.

TRÉMOLLIÈRES (Pierre-Charles)

4 — L'Enfant endormi.

Une fillette regarde un petit garçon qui dort, étendu près d'une rampe d'escalier dans un parc,

Beau dessin au crayon noir, lavé de bistre, rehaussé de blanc, sur fond bleu.

A figuré à l'Exposition de l'Ecole des Beaux-Arts en 1879, sous le n° 513.

TRINQUESSE

5 — La Grande élégante.

Parée d'une superbe robe è panier, à triple jupe rose, bleue et jaune, enguirlandée, bordée de ruches et de draperies, tenant son éventail à la main, elle s'avance triomphante sous sa coiffure haute et enrubannée.

Très beau dessin rehaussé de couleur.

WILLE

6 — Les Chatteries pour l'enfant.

Scène d'intérieur composée de quatre personnages.

Beau dessin à la sanguine signé et daté 1767.

TABLEAUX, PASTELS

GRAVURES

7 — BOUCHER (D'après). La Toilette de Vénus.

Dessus de porte.

8 — BOUTON. Portrait d'enfant.

9 — CALAMATTA. Napoléon Ier.

Gravure d'après le plâtre original du docteur ANTOMARCHI.

10 — COMTE. Paysage. Effet de clair de lune.

11 — DAUBIGNY. Paysage.

Dessin.

12 — DEVÉRIA. Portrait de femme.

13 — DROUAIS (Attribué à). Portrait de femme.

Cadre en bois.

14 — DROUAIS (Ecole de). Portrait d'une douairière.

15 — DUPRÉ (Ecole de). Paysage.

16 — DURAND. Paysages.

Deux pendants. Cadres bois noir.

17 — FRAGONARD (Attribué à). Jeune fille assise sur un canapé.

18 — GERARD (Atribué à Mlle). La Jeune mère et son enfant.

19 — GIRODET. Scène mythologique.

Etude.

20 — HUBERT ROBERT (Attribué à). Paysage d'Italie.

21 — LANCRET (Ecole de). Propos galants.

22 — GRECO (Attribué au). Tête d'homme.

23 — GREUZE (D'après). La Petite sœur.

Gravure en couleur.

24 — GOYA (Attribué à). Portrait de femme espagnole.

Tableau intéressant.

25 — HUBERT ROBERT (Attribué à). Paysage d'Italie.

26 — LACOUR (F.). Zouave en sentinelle.

27 — LENOIR (CHARLES). Bergère et moutons.

28 — LÉPINE (Attribué à). Paysage.

29 — LOUTREL. Souvenir de Fontainebleau.

30 — MALLET (Attribué à). La Femme à la jarretière.

31 — MIGNARD. L'Enfant-Jésus et saint Jean.

32 — PELTIER. Paysage.

Peinture sur bois.

33 — PERRONAU (Attribué à). Portrait de gentilhomme.

Pastel, cadre ancien et doré.

34 — ROMAIN (Ecole de JULES). Triomphe de Charles-Quint à Constance.

35 — STAGLIANO (A.). L'Eté.

36 — TÉNIERS (Attribué à DAVID). Intérieur de cuisine.

37 — TÉNIERS (Ecole de DAVID). Paysage flamand.

38 — TITIEN (Ecole du). Portrait d'homme.

39 — VERDAL (P.). Lion aux aguets.

40 — VERONÉSE (Ecole de Paul). Portrait d'un gentilhomme.

41 — ECOLE ANCIENNE. Les noces de Carina.

42 — ECOLE ANGLAISE. Portrait de femme.

43 — ECOLE ANGLAISE. Portrait de jeune femme.

44 — ECOLE ANGLAISE. Portrait d'offieier.

45 — ECOLE ANGLAISE. Paysage.

46 — ÉCOLE FLAMANDE. Le fumeur.

47 — ÉCOLE FRANÇAISE. Portrait du général comte Durutte.

48 — ECOLE FRANÇAISE. Vendanges.

49 — ECOLE FRANÇAISE. Destin à la sanguine.

50 — ECOLE FRANÇAISE. Dame de qualité

51 — ECOLE HOLLANDAISE. Portrait de femme.

52 — ÉCOLE FRANÇAISE DU XVIIIe SIÈCLE. Portrait de jeune femme.

Pastel.

53 — ÉÇOLE FRANÇAISE DE 1830. Paysage.

54 — ÉCOLE FRANÇAISE DE 1830. Paysage.

55 — ECOLE FRANÇAISE DE 1830. Paysage.

56 — ECOLE FRANÇAISE DE 1830. Paysage.

57 — Deux gravures anglaises. Sujets de sport.

58 — Cadre doré or fin. 2,05×1,18.

59 — Chevalet.

PORCELAINES, FAIENCES

60 — Panneau composé en carreaux de faïence de Delft, représentant un sujet équestre (encadré).

61 à 67 — Sept tasses et soucoupes en porcelaine à décors blancs, or et polychromes. Commencement du XIXe siècle.

68 — Théière en ancienne porcelaine du Japon, fond bleu fouetté d'or.

69 — Gargoulette en porcelaine de Chine rouge flambée, socle en bois.

70 — Deux porte-bouquets en porcelaine rouge flambée et craquélée, décors aux salamandres en relief.

71-72 — Deux petits porte-bouquets formés par des Dragons en verre ancien Venise, violet et or.

73 — Encrier en vieux Tournay : Lions sur base à rocailles.

74 Vase à 2 anses en faïences à reflets métalliques de Perse.

75 — Plat en faïence persane à reflets métalliques.

76 — Aiguière en faience émaillée, genre Bernard Palissy, décor en relief.

77 — Potiche en faience dans le goût chinois, en bleu sur blanc avec socle en bois de fer.

78 — Potiche en faience décor bleu sur blanc.

79 — Deux bols à riz, couvercles et socles en porcelaine de Canton, fond jaune, décor polychrome.

80 — Deux bols à riz semblables fond orange.

81 — Bol à riz semblables fond vert, socle et couvert en cuivre.

82 — Bol à riz semblable, fond violet.

83 — Pipe à eau porcelaine, décor bleu sur blanc.

84 — Pipe à eau de travail semblable.

BRONZES

85 — Garniture de cheminée en bronze ciselé, partie doré, partie patiné ; pendule à groupe d'enfants sur terrassement à rocailles et deux candélabres de la maison Denière.

86 — Divinité boudhique assise en bronze, partie doré socle en bois, travail du Japon.

87 — Petit brûle-parfum en cuivre finement ciselé.

88 — Aiguière et bassin en émail peint de Chine, fond bleu à médaillons, dessin à personnages.

89 — Deux lampes d'autel en cuivre doré et anciennes.

90 — Deux anciennes lampes juives en bronze. Travail espagnol.

91 — Lampe juive en verre et métal blanc. Travail vénitien.

92 — Aiguière en cuivre gravé d'Orient.

93-94 — Deux torchères de mosquée en cuivre gravé. Travail ancien de Perse.

95 — Deux jardinières en cuivre ouvré de Damas.

96 — Lion de Fô en fer forgé, socle en bois sculpté.

97 — Encrier en bronze ciselé offrant sur trois faces les masques de la Tragédie, de la Comédie et de l'Opéra.

98 — Encrier sur plateau adhérent en bronze. Edition de la maison Barbedienne.

99-100 — Deux amphores en bronze.

101 — Petite lampe de bureau à électricité en fer forgé.

102 — Autre lampe semblable à la précédente.

103 — Paire de vases japonais en émail fond bleu garnis de cuivre.

ARMES ORIENTALES

104 — Poignard, lame damasquinée d'or, poignée en lapis-lazuli, fourreau en velours garni d'argent. Travail ancien d'Orient.

105 — Yatagan, lame gravé, poignée en argent ciselé et doré, fourreau garni d'argent. Travail ancien d'Orient.

106 — Yatagan, poignée en argent à garnitures de corail, fourreau en argent repoussé. Travail ancien d'Orient.

107 — Fourreau de poignard oriental en argent ciselé et gravé. Travail ancien.

108 — Brassard en fer ajouré et damasquiné d'or. Travail ancien de la Perse.

109 — Brassard de même provenance en fer damasquiné d'or.

110 — Rondache damasquinée d'argent. Travail ancien d'Orient.

111 — Pistolet à canon gravé et damasquiné. XVIIIe siècle.

OBJETS DE CURIOSITÉ

112 — Grand et beau buste de femme en marbre dans le goût du XVIIIe siècle, coiffure haute à longues boucles retombant sur les épaules.

113 — Statuette en chêne sculpté : apôtre assis. XVIe siècle.

114 — Siège de bouddha en ancienne laque rouge et or finement sculptée, provenant de la pagode d'Ankeau.

115 — Bouddha debout, les mains jointes, en bois de camphre laqué rouge et or. Même provenance.

116 — Paravent d'autel composé de huit feuilles en marbre blanc, orné sur les deux faces de peinture en polychrome. Travail chinois.

117 — Grande boîte ronde en ivoire.

118 — Bel éventail en ivoire, parties laquées d'or.

119 — Deux masques japonais en ivoire.

120 — Figurine en ivoire. Travail japonais.

121 — Statuette en ivoire : Pagode de marbre en Annam. Travail chinois.

122 — Figurine en ivoire : Femme battant le riz.

123 — Figurine en ivoire : Pirate armé d'un fusil.

124 — Figurine de personnage debout en ivoire.

125 — Statuette en ivoire : Le Singe et la pieuvre.

126 — Ivoire : Tête de mort surmontée d'un serpent.

127-128 — Sept netzkés.

129 — Manche d'ombrelle en ivoire sculpté.

130 — Petit bouddha sur une fleur de lotus.

131 — Petit bouddha sur un dragon.

132 — Boîte en bois ornée de fines incrustation de nacre. Travail ancien du Tonkin.

133 — Grand plateau sur piédouche en bois, orné de fines incrustations de nacre. Travail ancien du Tonkin.

134 — Presse-papiers : oie formée par une grosse perle en nacre et argent ciselé, reposant sur un plateau.

135 — Petit porte-cierge en argent ciselé ; base en forme de cloche. Extrême-Orient.

136 — Aquamanile en cuivre formé par un lion debout, XVIe siècle.

137-138 — Huit belles gardes de sabre. Travail ancien du Japon.

139 — Boîte en fer forgé et repoussé. Travail ancien du Japon.

140 — Boîte à bijoux en bois sculpté et ajouré, décor à sujets de chasse. Travail chinois. Signé.

141 — Petite vitrine en palissandre à glace biseautée.

142 à 150 — Objets divers Européens et de l'Extrême-Orient : Groupes et statuettes.

151 — Paire de petits vases, forme Médicis, en filigrane d'argent, enrichis de turquoises et de grenats.

152 — Petit coffret en filigrane d'argent de Gênes, enrichi de turquoises et de grenats.

153 — Deux petits pots couverts en ancien émail cloisonné de Chine, fond bleu turquoise.

154 à 156 — Cinq gardes de sabres ajourées et incrustées d'or et d'argent. Travail de l'Extrême-Orient.

157 — Vase ancien, cuivre gravé et ajouré de Perse.

158 à 160 — Six petites pièces de vitrine en bronze.

161-162 — Trois écritoires ou plumiers en laque de Perse, dessins à fleurs et personnages.

163 — Deux boîtes en laque de Perse ancienne. décor à fleurs.

164 — Glace à main en ancienne laque de Perse, dessins à personnages.

165 — Deux plaques de reliure en laque de Perse, dessin à fleurs.

166 à 170 — Lot de bijoux anciens d'Orient et autres provenances.

Sera divisé.

171-172 — Deux miniatures : Portraits de Mlle Clairon et de la marquise de Coulanges.

173 — Miniature : Portrait de jeune femme en costume Louis XVI.

174 — Miniature : Portrait de femme.

175 — Miniature : Portraits de Napoléon Ier et de l'impératrice Joséphine.

176 — Mouvement ancien d'horloge.

177 — Paire de vases japonais en terre cuite, garnitures de cuivre.

178 — Deux groupes en pierre de lard.

179 — Boite en filigrane.

180 — Boite ornée de miniature.

181 — Boîte à mouches en bronze ornée d'une miniature.

182 — Coffret en bronze et émail.

183 — Miniature : Portrait de femme.

184 — Boîte à gants en bronze et émail.

185 — Miroir en bronze ciselé.

186 — Surtout de table en bronze et cristal.

MEUBLES

187 — Intéressant meuble tabernacle en ébène et bois noir, incrusté d'argent d'ivoire et de nacre, montants à colonnettes, offrant au centre une peinture sur marbre : scène religieuse ; garniture intérieure et extérieure en argent et broderies pailletées d'or, travail italien du XVIIIe siècle, clé en argent.

188 — Chiffonnier en bois de Rose. Epoque Louis XVI.

189 — Lit de repos en bois noir sculpté. Epoque Louis XV.

190 — Bergère du temps du Directoire en bois sculpté.

191 — Deux fauteuils dossiers à médaillon.

192 — Bureau Louis XVI ouvrant à cylindre en bois de rose.

193 — Commode Louis XVI ornée de marqueterie à damiers.

194 — Chiffonnier en acajou.

195 — Encoignure Louis XVI en acajou.

196 — Guéridon en bois de rose dessus en marbre incrusté.

197 — Lit décor à col de cygne.

198-199 — Deux consoles bois sculpté et doré, dessus en marbre blanc. Style XVIIIe siècle.

200 — Bois d'écran. Epoque Directoire.

201 — Grand lit de milieu en bois sculpté avec colonnes torses. Style Louis XIII.

202-203 — Deux tables de nuit de même style, de DROUART.

204 — Beau bureau ministre à deux faces, en noyer sculpté, style Renaissance, de la maison EYMONAUD.

205 — Fauteuil de bureau mobile en noyer foncé de canne.

206 — Autre fauteuil semblable au précédent.

207 — Bahut normand de style Louis XV.

208 — Cantonnière en bois noirci.

209 — Armoire normande style Louis XV en noyer sculpté.

210 — Commode en bois sculpté avec dessus à deux portes formant armoire. Epoque Louis XIV.

211 — Petit bureau « bonheur du jour », à portes vitrées en bois de rose. Epoque Louis XVI.

212 — Lit de milieu en bois sculpté, canné et doré, orné au fond d'une peinture en grisaille représentant une scène champêtre. Style Louis XVI.

213 — Table de salon en bois sculpté et doré, dessus en marbre blanc veiné. Style Louis XVI.

214 — Meuble en bois noir et laque. Travail japonais.

215 — Grande glace psyché avec cadre bois laqué blanc.

216 — Lavabo dessus en marbre, dessus système à renversement avec glace d'accompagnement.

217 — Baignoire fonte émaillée avec robinets.

218 — Appareil à douche.

219 — Armoire à glace en palissandre.

220 — Lit en palissanere.

221 — Lit en pitchpin.

222 — Table en bois noir avec tapis.

223 — Glacière.

224 — Trois tables de cuisine.

225 — Deux lits en fer avec sommier.

226 — Trois chaises de cuisine, fauteuil en osier.

227 à 236 — Meubles divers de fantaisie et de service.

237 — Lit cage et lit en fer.

238 — Fourneau à gaz, cadre en bois.

ÉTOFFES, TENTURES, TAPIS

239-240 — Deux grandes peintures anciennes sur soie, représentant des scènes de l'enfer bouddhique.

241 — Tapis de Smyrne fond vert clair, dessin à fleurs en polychrome.

242 — Tapis ancien Choumak fond rouge, à médaillons, dessin jaune et bleu.

243 — Tapis ancien de Daghestan, tissu velouté, dessin diagonal.

244 — Tapis ancien de Chirvan, tissu très fin, dessin diagonal.

245 — Tapis ancien du Bélouchistan fond crème, dessin polychrome.

246 — Tapis ancien de Daghestan fond rouge à fleurs.

247 — Tapis ancien asiatique fond rouge, dessin à fleurs.

248 — Tapis de prière de l'Asie fond rouge, bordure jaune.

249-250 — Quatre panneaux de tenture, toile persane imprimée.

251 — Couvre-lit en fil de lin, brodé de soie multicolore. Travail ancien portugais.

252 à 260 — Divers dessus de coussins et bandeaux en broderie, satin, soierie et drap.

Seront divisés.

261 — Deux longs coussins et tapis de soie d'Orient.

262-263 — Deux tapis d'appartement.

264 — Couvre-pieds en toile de Jouy, dessin à figures, genre de Leprince.

265-266 — Deux bandeaux en ancien filet italien.

267 — Deux paires de rideaux en damas de soie rouge.

268 — Un châle soie brodée.

269 — Châle.

270 — Objets omis.

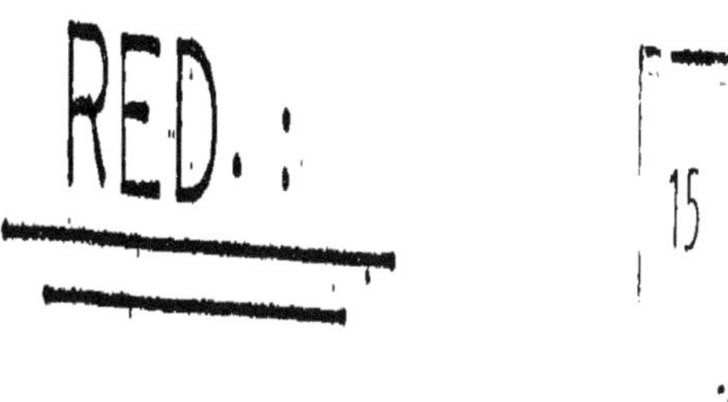

MIRE ISO N° 1
NF Z 43-007
AFNOR
Cedex 7 - 92080 PARIS-LA-DÉFENSE

graphicom
379.89.70

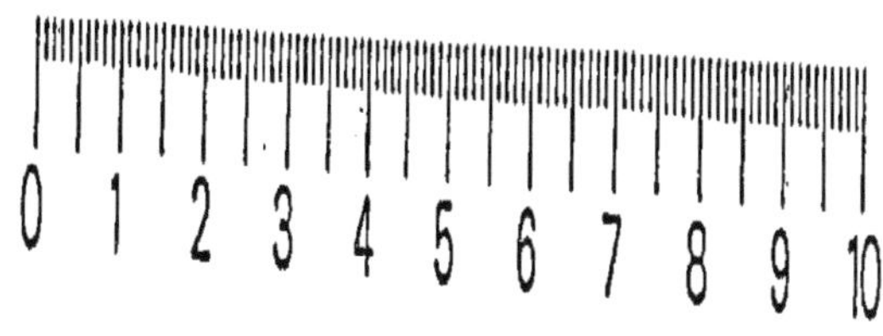

BIBLIOTHEQUE NATIONALE DE FRANCE

****

CHATEAU DE SABLE

1996

www.ingramcontent.com/pod-product-compliance
Ingram Content Group UK Ltd.
Pitfield, Milton Keynes, MK11 3LW, UK
UKHW021040180726
13838UKWH00004B/1913